VENTE
HOTEL DROUOT
SALLES Nᵒˢ 9 et 10

SUCCESSION

JULIA DEPOIX

Artiste Dramatique

BEAUX BIJOUX

ARGENTERIE

ÉLÉGANT MOBILIER

TABLEAUX, OBJETS D'ART

LIVRES

Mᵉ Gustave **COULON**,
Commissaire-Priseur

M. René **BLÉE**,
Expert

VENTE

AUX ENCHÈRES PUBLIQUES APRÈS DÉCÈS

DE

Melle Julia DEPOIX

Artiste Dramatique

BEAUX BIJOUX, ARGENTERIE

ÉLÉGANT MOBILIER

Tableaux, Dessins

OBJETS D'ART, BRONZES

A PARIS, HOTEL DROUOT, SALLES N°s 9 et 10

Les Mardi 21, Mercredi 22, Jeudi 23 et Vendredi 24 Juin 1898

à deux heures précises

Me G. COULON	**M. René BLÉE**
Commissaire-Priseur	*Expert*
48, Rue Richer, 48	10, Rue Mogador, 10

Chez lesquels se distribue le présent catalogue

EXPOSITION PUBLIQUE

Le Lundi 20 Juin 1898

DE 2 HEURES A 6 HEURES

CONDITIONS DE LA VENTE

Elle aura lieu *expressément* au comptant.

Les acquéreurs paieront *cinq pour cent* en sus des enchères.

L'exposition mettant le public à même de se rendre compte de l'état et de la nature des objets, il ne sera reçu aucune réclamation une fois l'adjudication prononcée.

Pari - Imprimerie Ménard & Chaufour, 8-10, rue Milton

DÉSIGNATION

BIJOUX

1 — Broche en forme de rosace, ornée de brillants, de roses, de cinq grosses perles fines et de deux petites avec pampille formée d'une grosse perle fine.

2 — Broche en forme de rosace, ornée de perles fines et de roses.

3 — Broche montée d'un scarabé entouré d'un brillant et de roses.

4 — Broche barette formée d'une fleur de lys composée d'une perle rose et deux brillants, liée par un petit ruban monté de roses.

5 — Broche fer à cheval en or et jais montée de sept brillants.

6 — Broche-barette en or montée de sept perles fines.

7 — Broche formée d'une pièce américaine de 20 dollars.

8 — Petit médaillon en or gravé.

9 — Ravissante petite montre de col forme boule en or avec entourage de roses au cadran. Elle est suspendue à une broche barette en or montée de vingt-six petites perles et de cinq brillants.

10 — Montre plate en or ciselé et gravé avec émaux.

11 — Montre en or émaillé en forme de petite poire. Époque Louis XVI.

12 — Bracelet monté de vingt perles fines et de vingt brillants.

13 — Bracelet gourmette en or monté de sept perles fines.

14 — Bracelet gourmette en or monté de roses.

15 — Bracelet en or monté de deux scarabées.

16 — Charmant bracelet formé de quatre petites miniatures signées PALLET, entourées de roses et reliées entre elles par des nœuds en or très finement ciselé de style Louis XVI.

17 — Seize bracelets fil d'or montés chacun de onze petites perles fines.

18 — Deux boutons de chemise en or ornés chacun d'un cristal gravé représentant une tête de chien.

19 — Deux boutons de chemise en or montés de corail avec une petite rose au centre.

20 — Deux boutons d'oreilles perle blanche et perle noire, montés à vis, en or.

21 — Paire de boucles d'oreilles en or montées chacune d'une topaze à entourage de roses.

22 — Bague en or montée d'une turquoise à entourage brillants.

23 — Bague en or montée d'une perle fine pointue.

24 — Bague en or montée d'une perle fine en forme de poire.

25 — Bague en or montée d'une topaze.

26 — Bague en or montée d'une turquoise.

27 — Bague en or formée de trois cercles et montée de roses et de sept perles fines de couleurs variées.

28 — Trois bagues en or montées chacune d'un rubis, d'un saphir cabochon et d'une émeraude.

29 — Flacon à odeur en cristal, monture en or avec une opale entourée de roses sur le bouchon.

30 — Petit tire-boutons à gant en or.

31 — Epingle à cheveux en écaille blonde, monture en or de style Louis XV ornée de roses.

32 — Deux épingles à cheveux en écaille blonde montées de rubis et de brillants.

33 — Petite bourse ronde en or avec chiffre J. D.

34 — Très belle bourse en forme d'escarcelle avec chaîne et bague tout en or orné de rubis et de roses.

35 — Epingle à chapeau ornée d'une perle fine, de roses et de rubis.

36 — Très beau collier formé d'un rang de cinquante et une très belles perles fines. Le fermoir en or est orné d'un brillant.

37 — Grande et belle chaîne sautoir formée d'environ six cent quarante perles fines.

38 — Quatre barettes de collier en or montées de brillants et de roses. Elles sont appliquées sur un ruban de velours noir.

39 — Diadème or et platine monté de roses.

40 — Pampille formée de trois petits brillants.

41 — Quatre boucles de jarretelle en or.

42 — Bracelet en or.

43 — Boucle de ceinture en argent ciselé.

44 — Porte-cartes en acier bruni, monture en or ornée de roses.

45 — Porte-cartes en peau blanche avec le nom *Hermine* en argent, or et roses.

46 — Porte-cartes en peau blanche avec 1894 en or et roses.

47 — Bourse avec fermoir en or, montée de brillants, rubis et saphirs.

48 — Broche en or ciselé. Style antique.

49 — Collier formé de belles pièces anciennes de la Grèce.

50 — Autre collier formé de belles pièces anciennes.

51 — Petite boîte à poudre en or avec le nom *Julia*, gravé sur le couvercle.

52 — Vingt pièces environs : petits bijoux, breloques, fume-cigarette, boutons en or ou en argent.

ARGENTERIE

53 — *Service de toilette* composé de :

Une cuvette ;
Deux porte-éponge ;
Deux boîtes à poudre ;
Deux porte-savon ;
Quatre porte-brosses ;
Deux boîtes à poudre dentrifice ;
Cinq flacons.
Le tout en cristal avec cercles, garniture et bouchons en argent

54 — Deux cuvettes en argent.

55 — Boîte à bonbons en cristal taillé avec couvercle en argent ajouré.

56 — Deux petites lampes à pétrole en argent martelé anglais.

57 — Très beaux bouts de table ciselés de style Louis XVI à trois lumières avec porte-bouquet au centre en forme de carquois. Boin Taburet à Paris.

58 — Trois boîtes à poudre en cristal, couvercle en argent martelé et chiffre J.D. en or.

59 — Trois brosses, un polissoir à ongles, un flacon à sel garnis en argent martelé.

60 — Une corbeille à pain ciselée, de style Louis XV, ornements à fleurs et rubans.

61 — Grand plateau de style Louis XV.

62 — Plateau signé Boin Taburet.

63 — Deux petits bougeoirs bas, ciselés, d'époque Empire.

64 — Petite clochette de bicyclette chiffrée J.

65 — Belle boîte à cigarettes avec chiffre P. B. intérieur en bois.

66 — Charmant service à liqueurs composé d'un plateau et de douze montures de verres ciselés de style Louis XV,

67 — Bol en verre teinté garni d'un cercle sur le bord et anse en argent.

68 — Tasse et soucoupe.

69 — Tasse à café et soucoupe.

70 — Tasse et soucoupe.

71 — Petit porte-cure-dents formé de deux oiseaux aux ailes repercées, perchés sur une branche de raisin.

72 — Autre porte-cure-dents femme debout, présentant un plateau repercé.

73 — Deux charmants porte-menus ciselés représentant l'un une scène de danse au temps de Louis XV et l'autre un groupe d'amours.

74 — Petite sonnette : figurine de femme en costume Louis XV.

75 — Petit réchaud de table à trois pieds.

76 — Petite poivrière en forme d'œuf.

77 — Moutardier et sa cuillère ciselés, de style Louis XV.

78 — Moulin à poivre ciselé de style Louis XV.

79 — Six salières carrées et six petites pelles.

80 — Six salières rondes et six petites pelles,

81 — Coquetier et sa cuillère.

82 — Charmant petit porte-huilier et bouchons ciselés de style Louis XV. Les carafons en cristal.

83 — Deux petits bougeoirs de style anglais.

84 — Beau porte-huilier d'époque Louis XV. Les carafons en cristal taillé et doré.

85 — Petit sucrier de style Louis XV chiffré J. D.

86 — Casserole martelée et sa cuillère.

87 — Bol à fruits en forme de panier, orné de deux petits amours.

88 — Belle argenterie de table ciselée de style Louis XV de chez CARDEILHAC à Paris, comprenant :

Dix-huit grandes cuillères ;
Trente grandes fourchettes;
Quatre pelles à fruits;
Deux pelles à sucre ;
Quatre pièces à hors-d'œuvre en ver-meil ;
Vingt-quatre cuillères à entremets;
Douze cuillères à café ;
Une louche ;
Un service à salade ;
Trente grands couteaux ;
Douze petits couteaux lames en acier ;
Douze petits couteaux lames en argent;
Douze fourchettes à huître;
Un service à poisson ;
Une pelle à asperge ;
Trois couteaux à fruits ;
Six brochettes.

Le tout contenu dans une caisse en chêne.

89 — Petit porte-bouquet de style Louis XV.

90 — Cafetière de style Louis XV.

91 — Cafetière de style Louis XV.

92 — Petite cafetière chiffrée J.D.

93 — Théière de style Louis XV.

94 — Pot à crême de style Louis XV.

95 — Deux belles carafes en cristal avec garnitures en argent ciselé de style Louis XV.

96 — Deux pichets, une bouteille à liqueur, garniture en argent anglais.

97 — Petit pot au feu de table en terre, garni d'argent.

98 — Beau sac de voyage en cuir, de chez BOUDET, garniture en argent martelé et chiffrée J.D. Jeu de brosses en ivoire.

99 — Pelles, objets de vitrine, groupes, vases, etc.

(Ce lot sera détaillé).

MÉTAL

100 — Beau et grand plateau surtout de table, fond en glace avec galerie ajourée à feuilles de chêne et à petits arceaux.

101 — Ramasse-miettes et brosse. Boule à manchon, porte-plume, porte-mine, lampe à alcool, plateau, théière, sucrier, pince, pot à crème, moulin à poivre, lampe à œuf, ménagère, seaux à biscuits.

(Ce lot sera divisé).

OBJETS D'ART ET DE VITRINE
PORCELAINES, ARMES DIVERSES

102 — Plateau en porcelaine de Saxe.

103 — Bouillon avec son plateau et son couvercle en porcelaine de Saxe.

104 — Tasse et sa soucoupe en porcelaine de Doulton.

105 — Petit pistolet.

106 — Boîte à cigarettes en bois des îles.

107 — Six boutons en porcelaine de Saxe.

108 — Environ vingt-cinq pièces camées sur coquillage.

109 — Bonbonnière en écaille et or avec une miniature sur le couvercle.

110 — Petite commode en porcelaine.

111 — Neuf statuettes en porcelaine de Saxe représentant des singes habillés et jouant de la musique.

112 — Quatre statuettes en porcelaine de Saxe.

113 — Deux sucriers en porcelaine de Saxe.

114 — Deux salières en porcelaine et cuillière.

115 — Statuettes. Masques. Groupe Boîtes en ivoire. Environ dix pièces.

116 — Petite mandoline incrustée de nacre.

117 — Deux petits bustes en biscuit.

118 — Grande embarcation en cuivre émaillé de style persan.

119 — Bonnets, babouches, etc., brodés d'or.

120 — Très beau bonnet brodé.

121 — Belle ceinture en métal gravé, niellé d'argent. Style mauresque.

122 — Canne en jonc avec pomme en argent d'époque Louis XV.

123 — Grand cache-pot en forme de baril en porcelaine de Chine, décor à fleurs et animaux en relief.

124 — Support en bois de fer sculpté.

125 — Cinq assiettes en faïence à reflets métalliques.

126 — Six tasses et six soucoupes en porcelaine de Saxe.

127 — Deux plaques en faïence persane.

128 — Assiette en porcelaine de Vienne représentant *les Quatre parties du Monde.*

129 — Deux assiettes en porcelaine de Saxe.

130 — Deux assiettes en porcelaine de Saxe, marli ajouré.

131 — Sept assiettes en faïence de Nevers, Rouen, etc.

132 — Deux appliques à deux lumières en porcelaine de Saxe.

133 — Deux plats en faïence de Delft.

134 — Plat en faïence de Rhodes.

135 — Pichet et bouteille en terre vernissée.

136 — Deux cuvettes de bidets en faïence de Rouen.

137 — Pot en faïence de Rouen.

138 — Pichet en vieux Rouen avec monture du couvercle en étain.

139 — Pichet en faïence de Rouen avec monture du couvercle en étain.

140 — Cache-pot en porcelaine du Japon.

141 — Deux vases cloisonnés de la Chine.

142 — Deux vases en porcelaine de Chine.

143 — Deux vases en terre vernissée du Japon.

144 — Charmante petite coupe vide-poche émaillée, de chez THIÉBAULT.

145 — Jardinière porte-fleur en faïence de Marseille.

146 — Une potiche et deux vases en faïence.

147 — Petit vase en verre gravé, signé GALLÉ, à Nancy.

148 — Petit vase baril en verre, gravé et émaillé.

149 — Vase en faïence de Deck.

150 — Vase en porcelaine de Copenhague.

151 — Vase en porcelaine rose de Sèvres.

152 — Porte-fleurs de DAMN de Nancy.

153 — Groupe en terre cuite dans la manière de CLODION. Satyre *portant une bacchante sur ses épaules*.

154 — Groupe en plâtre : *La Valse*, signé CLAUDEL.

155 — Porte-bouquet en terre cuite : *La Musique*, de Joseph Cheret.

156 — Statues de saints en bois sculpté du xve siècle.

157 — Statue de déesse chinoise et la boîte laquée d'or.

158 — Cinq assiettes en étain.

159 — Bouillon, son couvercle et son plateau en étain.

160 — Plat creux en cuivre gravé.

161 — Plateau porte-lettres en étain. Signé Jouaut.

162 — Statuette en étain, dans la manière de Gérome, sur socle en marbre rouge (Maison Thiébault).

163 — Bougeoir en étain. Signé de J. Baffier (Maison Siot-Decauville).

164 — Grand seau et broc en cuivre rouge repoussé.

165 — Couteau de chasse ; Poignards ; Hache ;
Coupe-papier ; Sabre japonais ; Couteaux
japonais ; Trois Pistolets.

(Sera divisé).

166 — Vingt masques chinois et japonais.

(Sera divisé).

TABLEAUX

CHARTRAN

167 — *Portrait de Mademoiselle Julia Depoix, en costume Empire.*

$0^m 11 \times 0^m 08$.

CHARTRAN

168 — *Petit portrait de Mademoiselle Julia
Depoix.*

$0^m 35 \times 0^m 25$.

CHARTRAN

169 — *Chien « Nonotte ».*

DAUBIGNY

170 — *Paysage.*

$0^m 26 \times 0^m 15$.

DUVENT

171 — *Paysage.*

Cadre bois sculpté époque Louis XVI.

$0^m63 \times 0^m47.$

HEILL (F.)

172 — *Femme Arabe.*

LAPOSTOLET

173 — *Paysage.*

$0^m40 \times 0^m25.$

LAPOSTOLET

174 — *Paysage.*

$0^m40 \times 0^m25.$

MANET

175 — *Petite nature morte.*

MANET

176 — *Petite nature morte.*

SAINTELLE (Ch.)

177 — *Portrait.*

SISLEY

178 — *Beau paysage.*

$0^m72 \times 0^m59.$

ZIEM

179 — *Vue de Venise.*

$0^m33 \times 0^m20.$

ECOLE ITALIENNE

180 — *Portrait de Jeune Femme.*

PASTELS

DUVENT (C.)

181 — *Portrait de Mademoiselle Julia De-*
poix.

$0^m53 \times 0^m43.$

DUVENT

182 — *Portrait de Mademoiselle Julia De-*
poix.

Cadre en bois sculpté d'époque Louis XIV.

$0^m62 \times 0^m48.$

DUVENT

183 — *Jeune Paysanne en prière.*

JACQUEMIN (JEANNE)

184 — *Le Temps passé.*

$0^m33 \times 0^m25.$

FORAIN

185 — *La Toilette.*

SOMMIER (L.)

186 — *Paysage.*

AQUARELLES

BERCHERE (N.)

187 — *Marine.*

> Daté 1884.
>
> Provient de la vente Berchère.
>
> 0^{m}21 × 0^{m}17.

CHARTRAN

188 — *Mademoiselle Julia Depoix au bord de la mer.*

FICHEL

189 — *Soldat en costume Louis XIII.*

DESSINS

CHARTRAN
190 — *Souvenir d'Espagne.*

CHARTRAN
191 — *Portrait de Mlle Julia Depoix.*

CHARTRAN
192 — *Quasimodo.* Dessin à la plume.

Daté 1869.

CHARTRAN
193 — Grand dessin encadré.

Daté 1884.

CHARTRAN
194 — *Portrait de Mlle Julia Depoix.*

Daté 1884.

CHARTRAN
195 — *Portrait de Mlle Julia Depoix.*

Daté 1885.

CHARTRAN

196 — *Un Vieux Beau.*

FORAIN

197 — Trois dessins sans légende.

GUILLAUME

198 — *Le capitaine Fracasse.*

GUILLAUME

199 — *Les Menus de Madame.*

GIRAUD (Eug.)

200 — *Intérieur de Posada.*

> Beau dessin.
> Original au musée du Louvre.

GESNE (A.-D.)

201 — *Etude de chiens.* Rehaussé de gouache.

PILLE (Henri)

202 — Deux dessins.

GRAVURES

203 — *Les Mois*. Six gravures Louis XVI.

204 — *En Tête*, de FÉLICIEN ROPS.

205 — *Les Désirs satisfaits*.

206 — *Provocation de l'Amour*.

207 — *La Comparaison*, d'après LAWREINCE.

208 — *Le Bouquet Interrompu*, d'après MONTAIVILLE.

209 — Gravures en couleurs, d'après HUET ; FRAGONARD ; DEBUCOURT. Dessins ; Lithographies ; Gravures, etc.
(Ce lot sera divisé.)

210 — Affiches illustrées.
(Sera divisé.)

211 — Deux charmants petits cadres en bois sculpté et doré de style Louis XVI, ornements à attributs, rubans et guirlandes contenant l'un un thermomètre, l'autre un baromètre.

EVENTAILS

212 — Éventail en nacre et dentelle. Style Louis XV.

> Dans un cadre et sous verre.

213 — Éventail en nacre avec incrustations : *Sujet Champêtre*. Époque Louis XV.

> Dans un cadre et sous verre.

214 — Éventail en ivoire et peinture. Époque Louis XV.

215 — Éventail en nacre d'époque Louis XVI avec sujet tiré de la mythologie.

> Dans un cadre et sous verre.

216 — Deux petits éventails en écaille blonde et tulle semé de paillettes d'or. Époque Louis XVI.

> Dans un cadre et sous verre.

217 — Sept éventails divers ; montures en nacre, ivoire, etc.

(Sera divisé.)

DENTELLES

218 — Joli morceau de vieille Malines, sujet de chasse à personnages et animaux.

Dans un cadre et sous verre.

1 m.×0^{m}05.

BRONZES D'AMEUBLEMENT

219 — Cartel en bronze ciselé de style Louis XV.

220 — Deux appliques en bronze ciselé de style Louis XV à cinq lumières.

221 — Lustre hollandais en cuivre poli.

222 — Landiers en fer forgé.

223 — Lampe de parquet en cuivre.

224 — Colonne en marbre vert, ornements en bronzes ciselés.

225 — Très beau bronze, *La Diane*, de FAL-GUIÈRE (Maison THIÉBAULT), sur socle en marbre rouge.

o^m75.

226 — *La Musique*, bronze de DELAPLANCHE (Maison BARBEDIENNE).

o^m57

227 — *Saint-Georges*, bronze doré de FRÉ-MIET (Maison BARBEDIENNE).

o^m47.

228 — *Arlequin*, bronze de SAINT-MARCEAUX (Maison BARBEDIENNE).

o^m35.

229 — *Le Baiser*, petit bronze argenté d'après HOUDON sur fût de colonne en marbre rouge.

230 — *Diane chasseresse*, petit bronze d'après HOUDON (Maison BARBEDIENNE).

o^m20.

231 — *Femme au paon*, bronze de FALGUIÈRE (Maison THIÉBAULT).

0^m55.

232 — *Eléphant*, beau bronze de BARYE (Maison BARBEDIENNE).

233 — *David*, bronze de A. MERCIÉ (Maison BARBEDIENNE).

0^m70.

234 — *L'Amour*, petit bronze de MOREAU-VAUTHIER.

235 — *Leda et Jupiter*, groupe en bronze.

236 — Beau groupe en bronze d'après CLODION : *Bachantes et Amours*.

237 — Deux chiens de PHO en bronze chinois.

238 — Petite pendule en vernis Martin, ornements en cuivre.

239 — Lampe colonne en cuivre, éclairée au pétrole.

240 — Grande et belle lampe de parquet en fer forgé et cuivre.

241 — Une paire de landiers en fer forgé.

242 — Deux flambeaux en bronze argenté de style Louis XV.

243 — Bronze, *Cocorico* de A. CAIN.

244 — *Apollon*. (Maison BARBEDIENNE).

0^m63.

245 — Bougeoir bronze vert antique.

246 — Bougeoir en bronze : *Faune assis tenant un vase*, signé L. KLEY.

247 — Petit buste de MOLIÈRE en bronze argenté, formant cachet.

248 — Lustre à gaz en cuivre poli et gravé.

249 — Deux chenêts à balustres en cuivre poli.

250 — Pendule lyre en marbre blanc et bronze de style Louis XVI. Tour du cadran orné de strass.

251 — Femme nue en bronze argenté. Signé : ANFRIE.

252 — Coffret à bijoux en bronze ciselé, argenté et doré.

253 — Potiche en bronze japonais.

254 — Lampe juive à gaz en cuivre poli.

255 — Petite lampe juive à gaz en cuivre poli.

256 — Deux bougeoirs en fer forgé.

257 — Levrette, petit bronze. Signé : CHÈNE.

258 — Mortier et son pilon en bronze.

259 — Grand lustre hollandais en cuivre.

MOBILIER

260 — Porte-chapeau en noyer sculpté.

261 — Bel ameublement de salle à manger
en noyer sculpté de style Henri II, composé de :

    Un buffet à 6 portes et à crédence.
    Un dressoir avec tablette d'entre-
      colonnes.
    Une table carrée, coins arrondis.
    Douze chaises à élastiques recouvertes
      en cuir.

262 — Meuble applique en noyer sculpté
formant argentier.

263 — Table à thé en bois laqué, de style
Louis XV.

264 — Deux chaises à cannage doré, en noyer
sculpté d'époque Louis XV.

265 — Grand plateau en noyer avec poignées.

266 — Joli canapé marquise en bois sculpté
et doré de style Louis XVI recouvert en
soierie.

267 — Canapé en noyer sculpté, rehaussé
d'or, de style Louis XV.

268 — Deux petits fauteuils marquises de
style Louis XVI, en noyer sculpté.

269 — Deux petites chaises en noyer sculpté
de style Louis XV, fonds et dossiers can-
nés, recouverts d'un coussin en soie.

270 — Quatre chaises Élisabeth, en noyer
sculpté.

271 — Joli fauteuil bergère, en noyer sculpté
de style Louis XV, recouvert en soierie.

272 — Grande et belle vitrine de style
Louis XV en bois de rose, ornée de trois
panneaux en vernis Martin, ornements
en bronzes ciselés et dorés.

273 — Autre vitrine à hauteur d'appui de
style Louis XV en bois de rose, ornée de
panneaux en vernis Martin, ornements
en bronze ciselés et dorés, dessus en
marbre brèche d'Alep.

274 — Console en noyer sculpté et ciré de style Louis XV, à filets et rehauts d'or, dessus en marbre rouge.

275 — Table à bijoux forme ronde, à trois pieds à croisillon, style Louis XVI.

276 — Table support en acajou et cuivre dessus en onyx, style Louis XVI.

277 — Chevalet en noyer sculpté.

278 — Écran en noyer sculpté et ciré de style Louis XV, panneau en tapisserie à la main.

279 — Très beau paravent à trois feuilles en noyer sculpté et ciré de style Louis XV, avec glace et brocart.

280 — Petit paravent à trois feuilles en noyer, garni d'étoffe Louis XV.

281 — Petite table de nuit en bois de rose et marqueterie, d'époque Louis XVI.

282 — Etagère d'encoignure en bois peint et doré formant porte-livre.

283 — Colonne garnie de peluche vieux rose.

284 — Table à jeu en noyer sculpté de style Louis XV à filets d'or.

285 — Quatre socles en bois doré.

286 — Grand lit bas à fronton en noyer sculpté, de style Louis XIII.

287 — Petite table en noyer sculpté de style Henri II, avec barre d'entre-jambe et quatre petites colonnes.

288 — Table de nuit en noyer sculpté de style Louis XIII.

289 — Meuble d'entre-deux en noyer sculpté de style Renaissance, formant petit coffre dans la partie supérieure.

290 — Six chaises en noyer sculpté de style Louis XIII, avec coussins en velours de lin vieux vert.

291 — Prie-Dieu en noyer sculpté de style Louis XIII.

292 — Grande table en noyer sculpté sur sept pieds colonnettes, avec allonges à mécanisme, contenues dans la table.

293 — Table gigogne en noyer ciré.

294 — Jolie bibliothèque tournante en noyer sculpté et ciré de style Louis XVI.

295 — Deux petites chaises Elisabeth en noyer sculpté.

296 — Beau bureau de dame en bois de rose. Epoque Louis XV.

297 — Grande bibliothèque sans porte à deux corps, en noyer sculpté à pilastres.

298 — Fauteuil en noyer sculpté, d'époque Louis XV, cannage doré, coussin en maroquin.

299 — Petit fauteuil coin de feu, en noyer sculpté de style Louis XV, recouvert en soie, fond rose.

300 — Marquise en forme de coussins d'étoffe brochée, velours vert et rose.

301 — Grand fauteuil Rotschild, recouvert en broché de soie vieil or,

3o2 — Tabouret X en noyer sculpté, recouvert en tapisserie à la main, au gros et au petit point.

3o3 —· Petite table algérienne, en marqueterie de nacre et ivoire,

3o4 — Grande toilette à deux places en noyer sculpté, dessus avec tablette en marbre rouge, à prises d'eau directes.

$2^m 10 \times 0^m 65$.

3o5 — Grande et belle table en chêne sculpté, dessus et tablette d'entre-jambe garnis de velours. Grande glace bisautée sur le plateau supérieur.

$1^m 70 \times 0^m 80$.

3o6 — Belle armoire à linge à deux portes en bois laqué, avec petites glaces à croisillons ; intérieur comportant : tablettes fixes et mobiles et cinq tiroirs.

3o7 — Deux fauteuils en bois laqué, recouverts en cretonne et deux chaises en bois laqué et cannées, le tout de style Louis XVI.

3o8 — Beau fauteuil bergère, Roking chair, en noyer sculpté de style Louis XV, recouvert de soie de fantaisie.

309 — Petite table porte-lampe en bois laqué.

310 — Fausse cheminée en bois laqué et panneaux en étoffe Louis XVI.

311 — Encadrement de glace de style L. XVI ornements à rubans et perles.

312 — Pouf forme coussin, recouvert en soie brochée et velours de soie.

313 — Grand divan d'angle en blanc.

314 — Draperie en broché de soie paon.

315 — Meuble bahut à deux corps en bois sculpté, école italienne.

316 — Grand divan et trois coussins en peluche imprimée.

317 — Canapé recouvert en velours frappé vieux rouge.

318 — Un fauteuil, deux chaises coussins.

319 — Canapé en bois laqué de style Louis XVI.

320 — Pouf en noyer gravé.

321 — Joli tabouret de piano en noyer sculpté
et ciré, le siège en forme de coquille.
Style Louis XV.

322 — **Piano** droit de Pleyel.

323 — Table à croisillon en marqueterie italienne.

324 — Deux tabourets arabes.

325 — Table-guéridon de salon, en noyer
sculpté frisé et ciré.

326 — Petite bibliothèque en acajou de style
Louis XVI.

327 — Colonne en noyer sculpté.

328 — Beau buste en marbre blanc : *Portrait de Mlle Julia Depoix.*

329 — Cheminée monumentale en noyer
sculpté, avec glace.

330 — Belle armoire normande de style
Louis XIV.

331 — Boîte à musique.

332 — Coffre - fort chiffonnier de chez FICHET.

333 — Paravent à quatre feuilles recouvert d'affiches illustrées.

DIVERS

334 — Porte-cannes ; tables ; sièges; paravent; porte-cartons ; meubles en bois blanc ; malles ; meubles de jardin ; ustensiles de cave et de cuisine, etc.; etc.

(Sera divisé).

TENTURES, ÉTOFFES

335 — Grand décor de baie drapée à l'italienne et bandeau en velours de lin vieux vert, avec applications et galon.

336 — Beau décor de baie drapée à l'italienne monté sur bâton cannelé, deux portières, un tapis de table en velours Titien et passementerie vieux vert.

337 — Belle décoration de baie formée d'une grande galerie velum en bois doré avec chutes lambrequin de soie jaune brodée et frangée, draperies et rideaux en velours bleu paon, doublés de soie jaune, jeux de glands.

338 — Deux très belles portières doubles en gros grain de Tours maïs à ramages et bouquets de fleurs, doublées de soie bleue tendre et frangées, jeux de glands.

339 — Deux grands rideaux de baie en taffetas bleu.

340 — Beau bandeau d'étoffe lamée fond vert d'époque Louis XV.

341 — Morceau d'étoffe fond jaune lamée, formant tapis de table.

342 — Vingt-trois coussins recouverts en soie.

(Sera divisé.)

343 — Deux décors de fenêtres simple et double avec bandeaux drapés, quatre portières en étoffe soie et coton, vieux rose à ramage.

344 — Ciel de lit velum en velours noir doublé de velours vieux rose.

345 — Grande tenture de baie drapée à l'italienne et deux portières en cretonne.

346 — Store en surah bleu.

347 — Dessus de lit en peluche vieux rose brodé.

348 — Deux panneaux en soie brodée.

349 — Portière en soie brodée.

350 — Morceau de tapisserie, sujet de chasse.

351 — Sept rideaux de fenêtre et de baie en reps soie et lamé havane.

352 — Belle draperie de piano en étoffe ancienne.

LIVRES

353 — Livres brochés, romans, collection Guillaume et autres. (Environ 150 volumes).

(sera divisé).

354 — Dictionnaire Littré (Cinq volumes); œuvres de MOLIÈRE ; BOILEAU ; RACINE ; BALZAC ; A. DE MUSSET ; VICTOR HUGO ; DUMAS ; O. FEUILLET ; E. AUGIER ; DE GONGOURT ; ZOLA ; GEORGES SAND ; PIERRE LOTI ; C. MENDÈS ; GUIZOT ; HALÉVY ; MARMONTEL ; MICHELET ; HOUSSAYE ; TOLSTOI ; TOURGUENEF ; DAMLENOWSKY. (Environ 350 volumes).

(sera divisé).

355 — *L'Armée Française*, ouvrage en livraisons, illustré par DETAILLE.

356 — Albums ; dessins ; photographies ; costumes ; les fables de LA FONTAINE ; RABELAIS ; caricatures ; chansons.

357 — Partitions : opéra, chant. etc.

AUTOGRAPHE

MASSENET

358 — Fragment de musique de *Esmeralda*.

(avec envoi de l'auteur à Mlle Julia Depoix).

GLACES

359 — Grande et belle glace, cadre doré. Style Régence.

360 — Glace, cadre doré. Style Louis XIV.

361 — Grande glace, cadre en peluche.

362 — Belle glace biseautée, encadrement en bois laqué.

363 — Belle glace biseautée, encadrement en porcelaine de Saxe, ornements d'amours, oiseaux et fleurs avec deux appliques porte-bougies.

364 — Jolie glace de table en bois sculpté et doré.

365 — Grande glace psyché montée pour être appliquée au mur.

366 — Glace, cadre en peluche vert d'eau.

TAPIS

367 — Six tapis de prière et autres.

368 — Tapis chemin d'escalier.

369 — Grande quantité de moquettes, fond rouge ton sur ton.

PORCELAINE, VERRERIE
OBJETS DE MÉNAGE

370 — Très beaux services de table et à dessert en porcelaine de Limoges, marli bleu de Sèvres. Grand chiffre J. D. sur le fond.

371 — Tête-à-tête en porcelaine d'Allemagne, comprenant :

    Un plateau, une verseuse, un pot à crème, deux tasses et soucoupes, un sucrier, deux cuillères.

372 — Service de verrerie en cristal taillé.

373 — Beau lustre en verre de Venise.

374 — Objets non catalogués.

BIBLIOTHEQUE NATIONALE DE FRANCE

****

CHATEAU DE SABLE

1996